x2 LA COLLECTION BD Double

PANIQUE AUX JEUX OLYMPIQUES

Scénario de LEDUC — Dessin de PLANELLAS

CRAZY HAND

LOOM

Copyright © 2022 : LEDUC - PLANELLAS - LOOM
Tous droits réservés.

ISBN : 9798354933969

Panique aux Jeux olympiques

LEDUC   PLANELLAS

LOOM

Panique aux Jeux Olympiques

Scénario de Benjamin Leduc
Dessin de Jordi Planellas
Couleur de Virginie Blancher

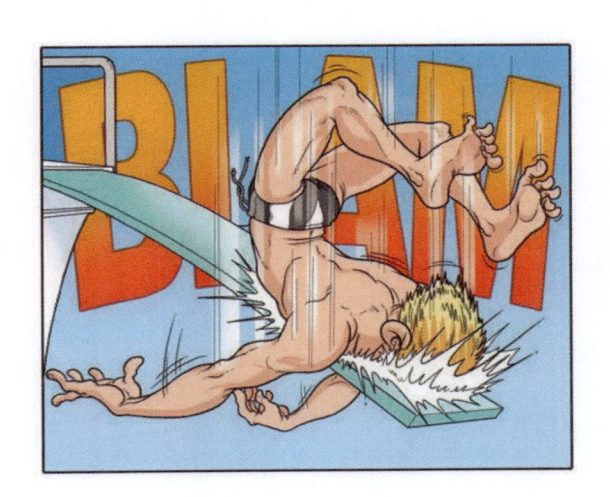

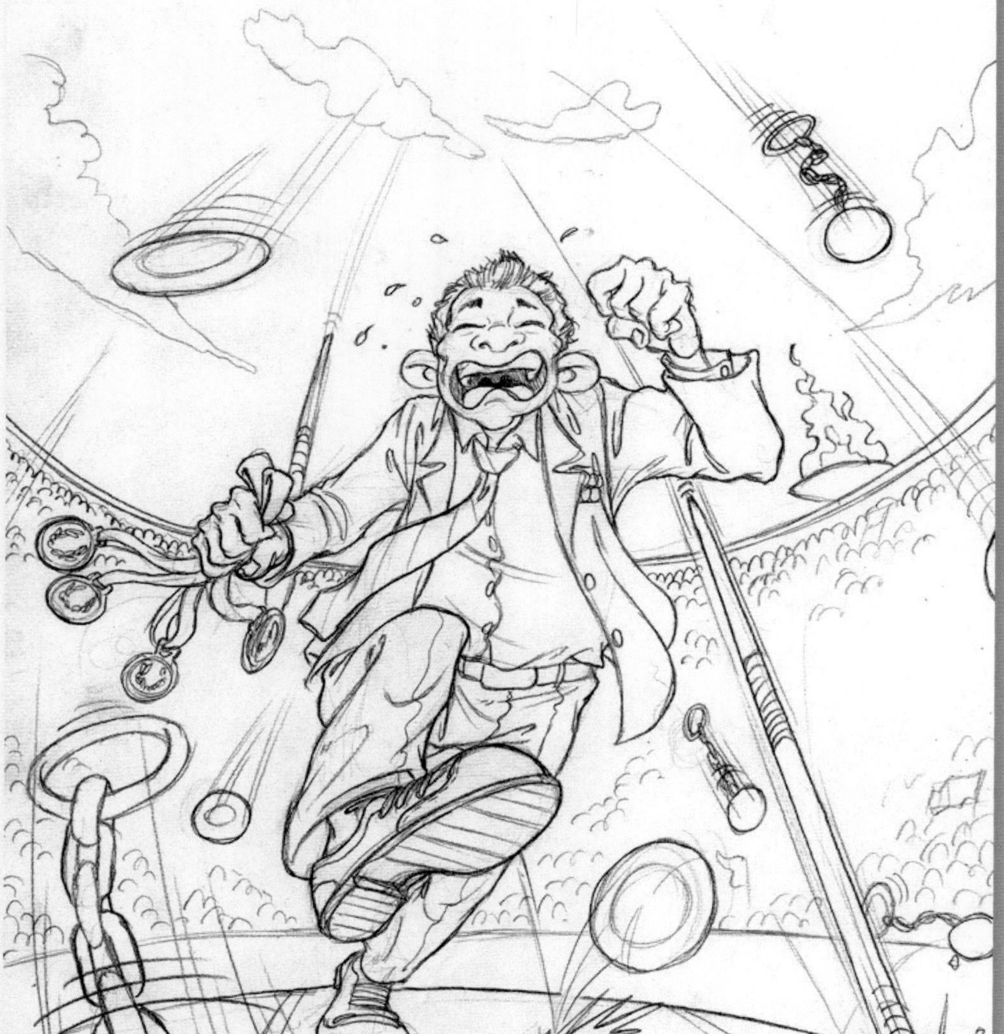

Cérémonie d'ouverture

AAA...AAAT...ATCHOUM!!

Athlétisme - Vitesse

Nous allons avoir l'immense honneur de vous commenter la grande finale du 100 mètres, l'épreuve reine des jeux olympiques.

Mesdames et messieurs, bienvenue à Beijing dans le magnifique stade national. C'est pour nous un immense plaisir que de vous accueillir aujourd'hui.

Nous allons retrouver au couloir n°1 le britannique Leroy Bourley

En 2, le canadien Ben Dopson

En 3 le surprenant zimbabwéen Maurice Okilevelu

En 4... Écoutez l'ovation ! Pour le chinois Xiang Xixui qui était encore totalement inconnu avant l'ouverture de ces JO, une vrai révélation pour tout le monde !

En 5, on retrouve notre français Florien Quisset, rattrapé au temps, en 6 le russe Andrei Korupsof, et en 7 c'est le grand retour de recordman du monde, l'américain Justin Gagnable, qui revient après un an d'absence.

Dîtes-moi Patrick, loin de moi de vouloir colporter des rumeurs, mais ce garçon n'a-t-il pas eu des problèmes de drogues ?

Vous m'étonnez mon cher Nelson, mais certains ont parlé d'une cure.

Regardez, j'ai comme l'impression qu'il n'est pas encore guéri !

8

Gymnastique

Natation synchronisée

— QUEL PLAISIR POUR LES YEUX ! QUELLE DÉLICATESSE, QUELLE SENSIBILITÉ...

— QUELLE LÉGÈRETÉ ! QUEL CHARME ! TOUT RÉELLEMENT MAGNIFIQUE DANS CE SPORT !

PROOUT !

BLOUP BLOUP

IIIK

PLOP !

— DES ANGES ! CES DEMOISELLES SONT VRAIMENT LA GRÂCE INCARNÉE.

Natation - Vitesse

Monsieur, veuillez sortir immédiatement !

Qu'est-ce qu'il se passe ?

Vous êtes disqualifié pour mauvaise tenue !

Mais pourquoi ?

Vous avez uriné dans la piscine, ne le niez pas, j'ai tout vu !

Hé bien oui, c'est vrai, mais tout le monde en fait autant, vous savez ce que c'est... le stress du début de la course

HE HE

Peut-être, mais vous êtes le seul à avoir pissé du haut du plongeoir !

11

Boxe

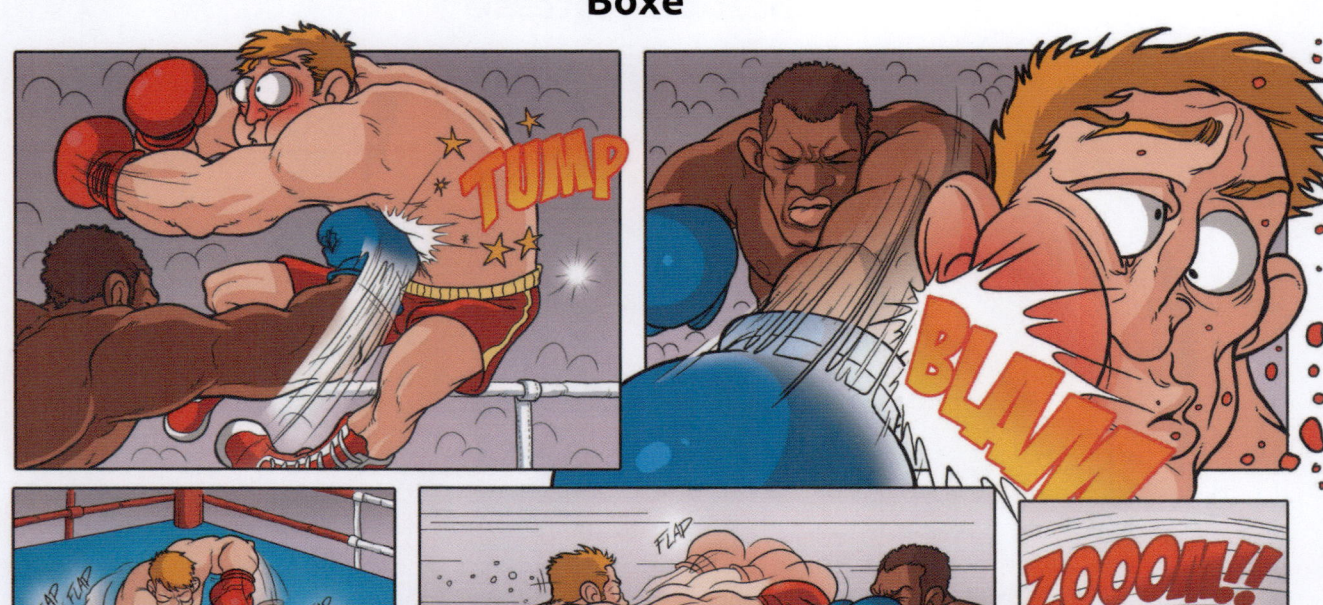

TUMP

BLAM

FLAP FLAP — **FLAP FLAP FLAP** — **ZOOOM!!**

BLAM — **GOONG** — HE HE HE

— Tu crois que j'ai encore une chance de l'avoir ?

— Bien sûr ! Si tu continues à faire le ventilateur comme ça autour de lui, il ne va pas tarder à claquer d'une bronchite !

12

Lutte

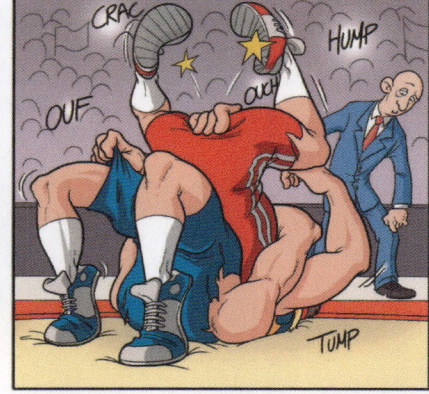

NOUS SOMMES TRÈS HEUREUX DE COMMENTER AVEC VOUS SES TRÈS BELLES IMAGES DE LUTTE ! UNE DISCIPLINE QUI MET EN VALEUR TOUTE LA PUISSANCE DE L'ATHLÈTE...

... SES MUSCLES SAILLANT, SA FORCE VIRILE ! UN BIEN BEAU SPORT QU'ON N'AIMERAIT VOIR PLUS SOUVENT À LA TÉLÉ !

Trampoline

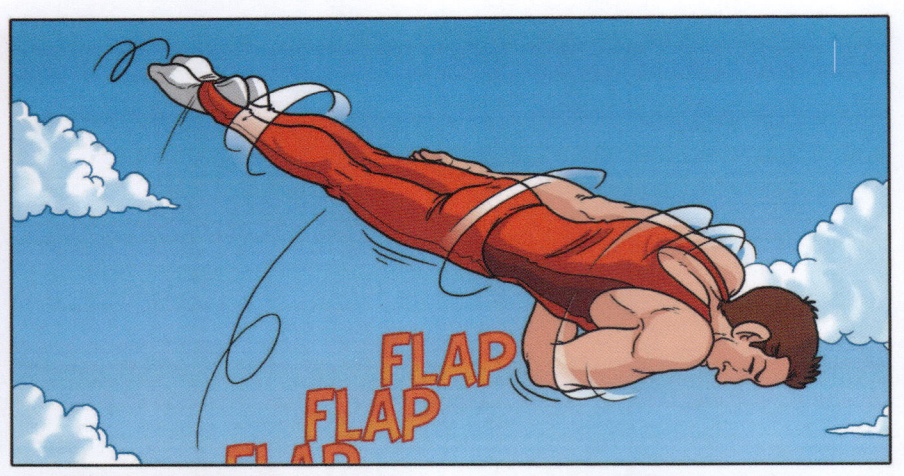

BLONG!

FLAP FLAP FLAP

BLOONG

?!!!
HIIK!

ÇA ME RAPPELLE MES CLASSES À L'ÉCOLE DE L'AIR ! *

?

MANGEZ SAIN ! MANGEZ BIO !**

BLONG

JE SAIS PAS VOUS, MAIS MOI JE TROUVE TOUT ÇA TRÈS BIZARRE !

COMME IL EST BEAU ! ON DIRAIT BRAD PITT ! ***

* CF : LES MILITAIRES (SLHOKI/LEDUC)   ** CF : LES ECOLOS (CABELLIC/LEDUC)   *** CF : LES BIMBOS (?/LEDUC)

14

Haltérophilie

15

Canoë-kayac

Athlétisme - Lancer du javelot

— J'SUIS TOUT BLOQUÉ DU DOS DEPUIS HIER SOIR ! JE NE PEUX PRESQUE PLUS BOUGER !!

— TU DEVRAIS FAIRE DE L'ACUPONCTURE, ON EST EN CHINE ! C'EST L'OCCASION RÊVÉE D'ESSAYER.

SSSHHHSSSHHHHHHHHH

TCHAK !

!!!

— HA ! TU VOIS, JE TE L'AVAIS DIT, ÇA MARCHE À TOUS LES COUPS L'ACUPONCTURE !

Equitation

DÉPÊCHEZ-VOUS LES ENFANTS, ÇA VA COMMENCER !

ALLEZ PAPA ! ALLEZ LA FRANCE !

CALMEZ-VOUS LES ENFANTS !

GALOP GALOP GALOP

JE VOIS PLUS RIEN ! QU'EST-CE QU'IL SE PASSE ? IL A GAGNÉ PAPA ?

DIS, MÈRE ! C'EST QUOI CETTE FIGURE ?

HEU ! C'EST NOUVEAU, C'EST UNE ÉPREUVE PAR ÉQUIPES.

Escrime

Tennis

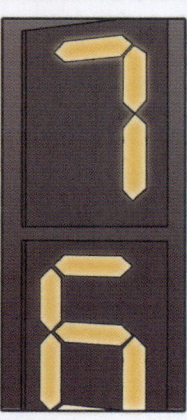

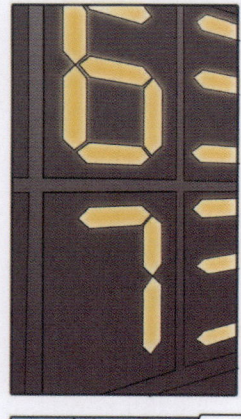

TU DOIS SOIGNER TA DÉFENSE ET ÊTRE PATIENT DURANT L'ÉCHANGE.

TU GARDES UNE BONNE LONGUEUR DE BALLE, PAS DE PRISE DE RISQUE INUTILE ! IL FERA LA FAUTE EN PREMIER.

EN GROS, JE L'ENDORS !

JE CROIS QUE MA TACTIQUE A UN PEU TROP BIEN MARCHÉ !

20

Cyclisme en salle

21

Beach volley

— ALORS ? C'EST BON ?! VOUS AVEZ FINI VOTRE ÉCHAUFFEMENT ?

— ON PEUT PEUT-ÊTRE LE COMMENCER, CE MATCH ?!

Triathlon

1,5 KM DE PLUS TARD...

J'AI PAS LA FRITE AUJOURD'HUI !

TANT PIS, JE VAIS FINIR TRANQUILLE

WOOOO !!!

40 KM PLUS TARD...

WOOOOSHH

10 KM PLUS TARD...

QUI EST DONC CE BELGE SORTI DE NULLE PART ?

C'EST INCROYABLE ! PERSONNE NE VOUS CONNAISSAIT AVANT AUJOURD'HUI !

COMMENT AVEZ-VOUS ACCOMPLI CET EXTRAORDINAIRE EXPLOIT QUI MARQUERA L'HISTOIRE DES J.O À TOUT JAMAIS ?!

NOUS VOULONS SAVOIR VOTRE SECRET

ET MOI, JE VOUDRAIS BIEN CONNAÎTRE L'ABRUTI QUI M'A JETÉ UNE CIGARETTE ALLUMÉE DANS MON SHORT !

23

Aviron

24

Football

Judo

HUMPH **GNiii**

(Panneau d'affichage : wari / yuko / koka — 3 shido / 2 shido / shido)
?!!

— NOUS ALLONS MAINTENANT SUIVRE EN DIRECT LA REMISE DES MÉDAILLES DE CE MATCH TANT CONTESTÉ QUI A EU LIEU CE MATIN.

— SUPERBE ÉTRANGLEMENT DE LA FRANÇAISE MAIS LA JAPONAISE SE DÉFEND BIEN !!!

— OH LÀ LÀ ! J'AI COMME L'IMPRESSION QUE LA TENSION N'EST PAS ENCORE RETOMBÉE !

— UN BIEN BEAU COMBAT QUE NOUS LIVRENT SES DEUX JEUNES FEMMES... DOMMAGE QUE LES ORGANISATEURS INTERVIENNENT, LA MÉDAILLE D'OR SEMBLAIT VRAIMENT À LA PORTÉE DE NOTRE FRANÇAISE !

Baseball

TONQ

GROSSE SURPRISE À L'ÉPREUVE DE BASE-BALL DE SES XXIXE JEUX OLYMPIQUES, ICI À PÉKIN !!!

L'ÉQUIPE CHINOISE REMPORTE LA MÉDAILLE D'OR EN BATTANT L'ÉQUIPE AMÉRICAINE.

ILS ONT FAIT PREUVE D'UNE GRANDE DEXTÉRITÉ, UNE BELLE MAÎTRISE DU JEU DIGNE DES MEILLEURS PROFESSIONNELS.

AUCUN NE JOUE À L'ÉTRANGER. IL SEMBLERAIT QU'ILS SOIENT TOUS POLICIER DANS LE CIVIL. MAIS QUEL EST DONC LEUR SECRET ?

ON ME SIGNALE DANS MON OREILLETTE, QUE NOUS VENONS DE RECEVOIR DES PHOTOS DE LEUR ENTRAÎNEMENT, ELLES PROVIENNENT D'UN CERTAIN DALAÏ LAMA... UN PSEUDO SANS AUCUN DOUTE...

FREE TIBET

Badminton

Hockey sur gazon

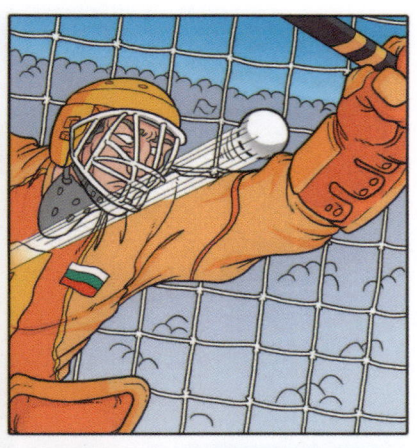

29

Plongeon

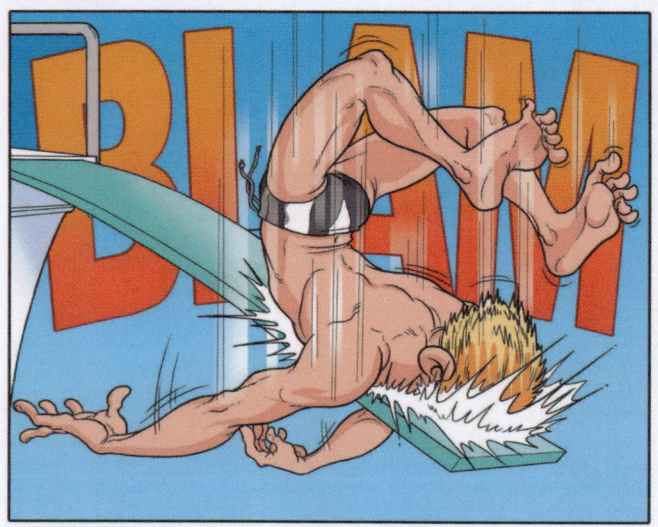

OH UNE MÉDAILLE D'OR ! J'AI RÉUSSI ! JE SUIS CHAMPION OLYMPIQUE !!!

Taekwondo

Volley-ball

TUMP!

TUMP

BONG
OUCH!

BOUM

BLAM!!
HUUFF

10 MINUTES PLUS TARD

PURÉE ! TU AS VU LEUR N°3

HÉ ! T'AURAIS PAS UN PEU PRIS LA GROSSE TÊTE, TOI ?

HA HA HA

AÏE
PTCH
BOBO !

32

basketball

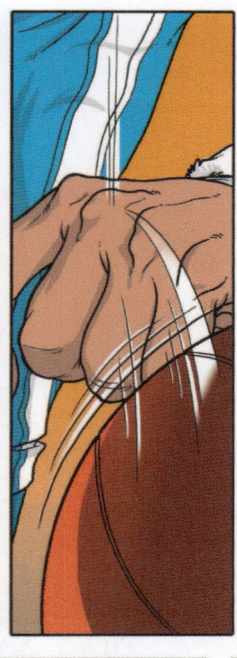

ROOOOOOROOOOO

OUCH!

ROOOOOOOOOOOO

HEU... SI LE BALLON EST LÀ-BAS ! BIN QU'EST-CE QUE J'AI SHOOTÉ ALORS ?

33

Voile

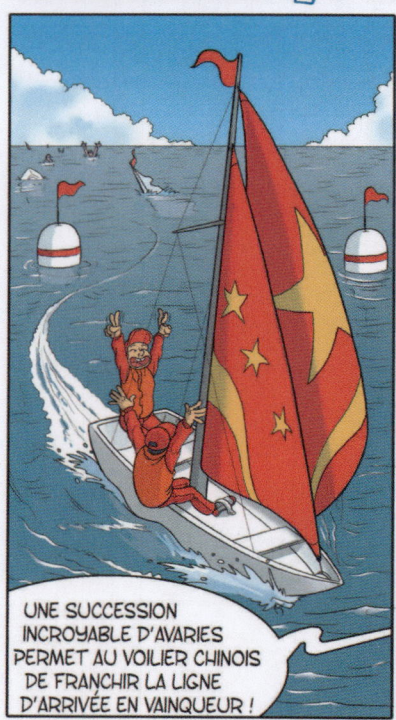

Water-Polo

IL N'EST PAS RÉGLEMENTAIRE CE JOUEUR !!!!

Tir

BANG!

TUNK!

BANG! BANG! BANG! BANG! BANG!

TUNK

C'EST SÛR, C'EST GAGNÉ ! DE L'OR ! DE L'OR !!

??!!!

BIN POURQUOI J'AI PAS LA MÉDAILLE D'OR ? J'AI MIS DANS LE MILLE POURTANT !

JE SUIS D'ACCORD MAIS LE BUT DE CE SPORT EST DE VISER LA CIBLE EN FACE DE VOUS ET PAS CELLE DES AUTRES CONCURRENTS !

Tir à l'arc

TCHACK!

WOOH !!! ÇA VA PAS LA TÊTE !!!!!! L'ÉPREUVE N'EST PAS ENCORE DÉMARRÉE !!!!

COMMENT VOUS VOUS APPELEZ ?

LAISSEZ-MOI DEVINÉR... GUILLAUME TELL ?

HA NON ! MOI C'EST GÉRARD TELL...

MAIS C'EST UN DE MES ANCÊTRES, J'EN SUIS TRÈS FIER D'AILLEURS. COMMENT AVEZ-VOUS DEVINÉ ?

Tennis de table

38

Canoë en eaux calmes

Gymnastique rythmique

Softball

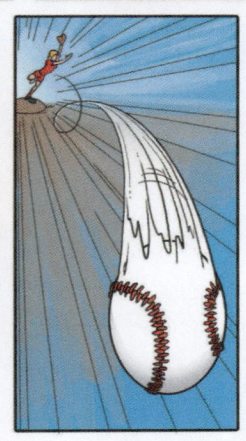

Handball

— ON EN A MARRE ! CE N'EST PAS RÉGLEMENTAIRE !!!

— C'EST N'IMPORTE QUOI ! ON VEUT DÉPOSER RÉCLAMATION !!

— MASCOTTE J.O RÉGLEMENTAIRE ! VOUS ARRÊTER DE CRITIQUER MASCOTTE CHINOISE ! VOUS PRENDRE UN CARTON !! MOI APPELÉ ARMÉE SI VOUS PAS CONTENT !

Pentathlon moderne

PENTATHLON, ÉPREUVE DE TIR...

— BIN, ELLE EST OÙ LA PISCINE ?

ÉPREUVE D'ESCRIME.

— MAIS C'EST QUOI CETTE ORGANISATION ?

NATATION

— OH NON ! ÇA RECOMMENCE !

ÉPREUVE D'ÉQUITATION.

— EXCUSEZ-MOI, JE CHERCHE LES CIBLES

CROSS-COUNTRY

— COMME ÇA J'PEUX PAS ME TROMPER ! J'SUIS UN MALIN MOI !

Cérémonie de clôture

— IL FAUT QUE JE ME DÉPÊCHE ! JE SUIS À LA BOURRE !!!

DONG

TUMP!

TUMP TUMP TUMP !!!

BRRRRRR

BROOOLO BRO

— ET HOP ! DÉMONSTRATION DE BOWLING !... FALLAIT PAS ?

44

CRAZY HAND

LEDUC PLANELLAS

La première BD sur le Handball !

LOOM

CRAZY HAND

Scénarios de Benjamin Leduc

Dessins et couleurs de Jordi Planellas

LOOM

CRAZY HANDBALL

Avant les gags, un peu d'histoire !

Cette BD a vu le jour en 2008 et a commencé à être publiée dans le magazine HAND ACTION. Après seulement une saison, la publication a été stoppée sans raison.
- Ah, l'univers impitoyable de l'édition ! -

Voilà pourquoi vous tenez entre les mains une BD plus courte que dans un album traditionnel, il en va de même pour une partie des planches restées sans couleur (la version encrage en noir et blanc possède tout de même un certain charme, et libre à vous de les coloriser, vous avez mon accord !)

Trêve de blabla, je vous laisse vous plonger dans les mésaventures des Toqués de Crazy Hand, pour la première fois réunie en livre, bonne lecture !

Votre scénariste, Benjamin Leduc

CRAZY HANDBALL

« CRAZY HANDBALL » RELATE LES AVENTURES DÉSOPILANTES DES « TOQUÉS », L'ÉQUIPE PROFESSIONNELLE MASCULINE DE HANDBALL DE TOQUEVILLE. NOUS Y DÉCOUVRIRONS LA VIE DU CLUB, LES ENTRAÎNEMENTS, LES MATCHS, SES SUPPORTERS DÉLIRANTS MAIS AUSSI SON ÉQUIPE FÉMININE AMATEUR.

CARL HINGUE DIT 'COACH' :
UN HOMME RUSÉ, LIMITE FILOU, PRÊT À TOUT POUR GAGNER. SES JOUEURS SONT COMME SES ENFANTS.

DIDIER ZAILE DIT 'DIESEL' :
UN JOUEUR FORMÉ AU CLUB. IL AURA PASSÉ TOUTE SA CARRIÈRE DANS SON CLUB FÉTICHE. IL MET DU TEMPS À DÉMARRER MAIS UNE FOIS LANCÉ, IL SCORE À TOUT VA.

PHIL DANTERE :
CAPITAINE DE L'ÉQUIPE. IL EST BEAU, IL EST FORT... IL LE SAIT ET LE MONTRE. LES FEMMES EN RAFFOLENT.

IGOR TCHOUTCHOV :
L'ATTAQUANT RUSSE VEDETTE DE L'ÉQUIPE. IL FAIT CE QU'IL VEUT AVEC LA BALLE ET POSSÈDE DES TIRS TRÈS PUISSANTS. PETIT PROBLÈME DE COMMUNICATION AVEC LE COACH, LA STRATÉGIE S'EN RESSENT PARFOIS.

JOËL CRAVATIER DIT 'GRAT GRAT' :
CE JOUEUR A UN PETIT PROBLÈME D'HYGIÈNE, IL SEMBLE ALLERGIQUE À LA DOUCHE.

SAUVEUR JACKSON ALIAS 'COOL COOL':
AUTRE JOUEUR VEDETTE ET EXPÉRIMENTÉ DE L'ÉQUIPE, UN ANTILLAIS COOL DANS LA VIE MAIS SUR LE TERRAIN, C'EST UNE VRAIE TEMPÊTE !

KIM HYUNWOO SUNGWOO SUNNY SOYEON DIT 'KIM LE BON' :
UN JOUEUR CORÉEN, LA CURIOSITÉ DU CLUB, UNE CÉLÉBRITÉ EN CORÉE DU SUD. SA FORCE VIENT DE SA RAPIDITÉ.

IL NOUS RESTE DIX SECONDES POUR MARQUER LE BUT DE LA VICTOIRE ! IL FAUT TOUT DONNER LES PETITS !
ON VA TENTER LA 'GODASSE'
OUUUEEEEEEEEEEEE
GNIIII
TUMP

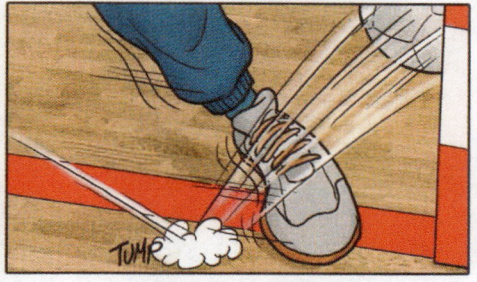

CRAZY HANDBALL

— A SAMEDI POUR LA FINALE !

LE JOUR DE LA FINALE...

— N'AI PAS DE CHANCE ! L'ÉQUIPE NE GAGNERA JAMAIS SANS MOI !

— IL DOIT BIEN Y AVOIR UNE SOLUTION.

PLUS TARD...

SHHH

WOOO

TUMP

— MADAME, SUIVEZ-MOI S'IL VOUS PLAÎT, VOUS ALLEZ FAIRE UN CONTRÔLE ANTI-DOPAGE.

— QUI ? MOI ??!

LEDUC/PLANELLAS   HTTP://CRAZYHANDBD.BLOGSPOT.COM/

CRAZY HANDBALL
PAAAF
iiiiiK
TUM
TUM
ALLEZ ! MAIS SOUFFLEZ BON SANG ! IMAGINEZ VOTRE GÂTEAU D'ANNIVERSAIRE... SOUFFLEZ-MOI CES BOUGIES !!
AAAAHG
PFFFFOOUUU
LEDUC/PLANELLAS HTTP://CRAZYHANDBD.BLOGSPOT.COM/

ELLES ONT FAIT DEUX MILLE KILOMÈTRES DE BUS ! ELLES SONT CREVÉES, JE VOUS LE GARANTIE !

ON VA LES BOUFFER !!! OK LES FILLES ?! ALLEZ !!

OOOUUUIIIIIIIII

ON VA LES BOUFFER !! OK LES FILLES ?!
ALLEZ !!

WOOUUAAA!

JE ME SOUVIENS QUE J'AI LES ENFANTS À PRENDRE À L'ÉCOLE.

J'AI LAISSÉ MON PLAT SUR LE FEU !

ZUT ! JE CROIS BIEN QUE J'AI OUBLIÉ D'ÉTEINDRE LE GAZ !

JE ME SENS PAS TRÈS BIEN

J'AI RENDEZ-VOUS CHEZ MON ESTHÉTICIENNE !

C'EST L'HEURE DU BIBERON DES JUMEAUX.

HA ! EXCUSEZ MOI, J'AI UN APPEL, JE SORS, IL N'Y A PAS DE RÉSEAU ICI !

CRAZY HANDBALL

OUCH!!

?!!!

HOP
TUMP
QUOI?
HEUM

AREU ARREU

LEDUC/PLANELLAS   HTTP://CRAZYHANDBD.BLOGSPOT.COM/

CRAZY HANDBALL

WOOOOOOOOSHHHH !!!

OOOSSHH

C'EST PAS RÉGLEMENTAIRE, CE GARDIEN !!

ET L'ARBITRE ?

PAS DE PROBLÈME, C'EST MON BEAU-FRÈRE !

WOOOOOOOO

TAC TAC TAC

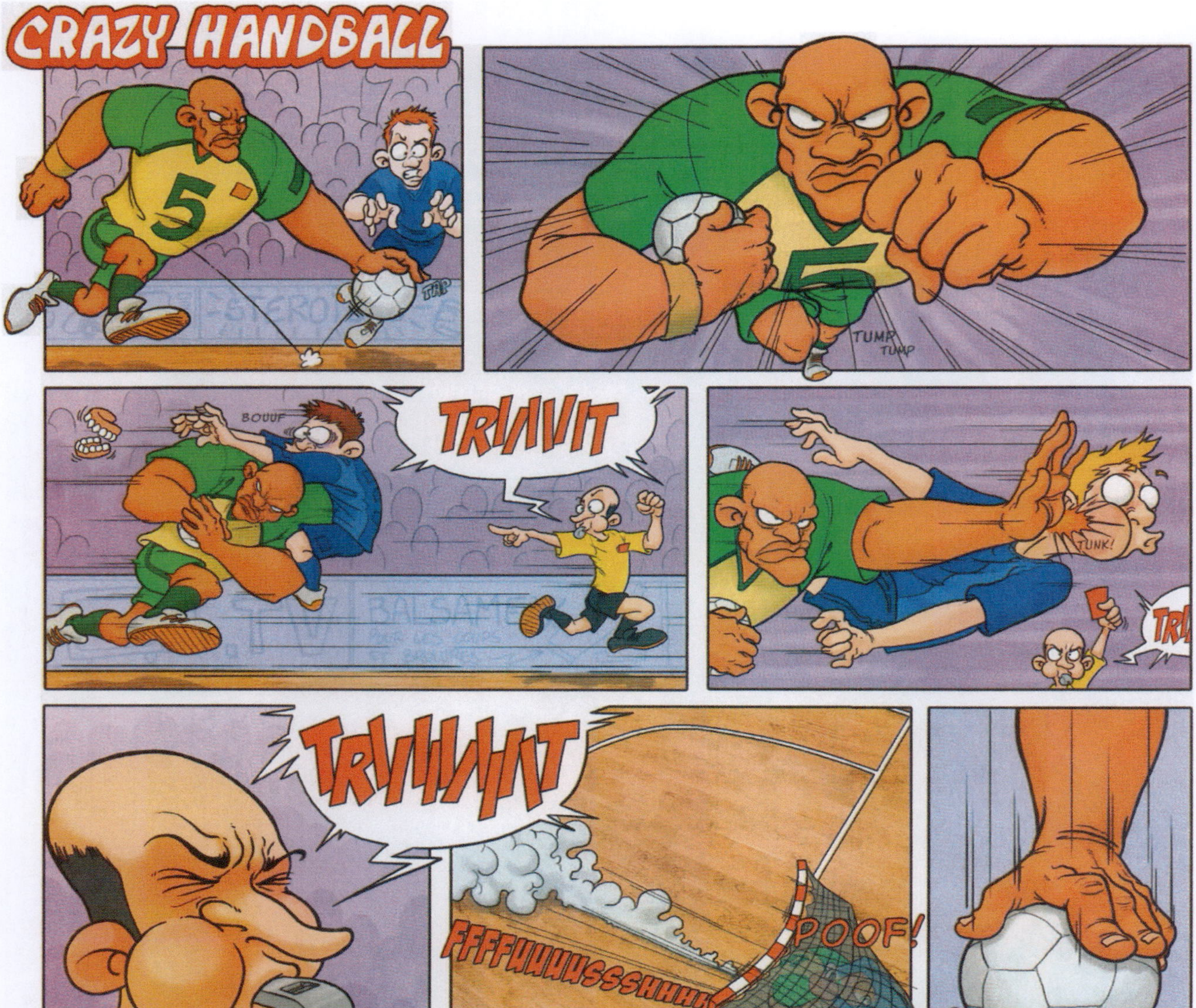

LEDUC/PLANELLAS HTTP://CRAZYHANDBD.BLOGSPOT.COM/

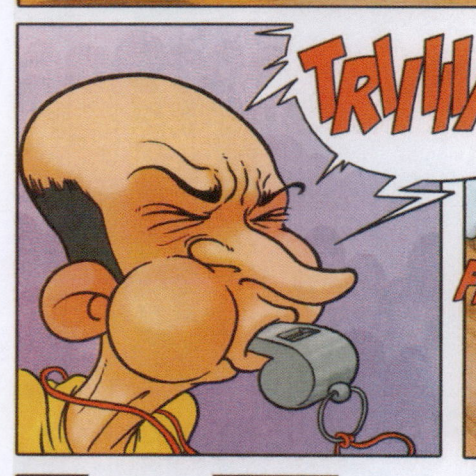

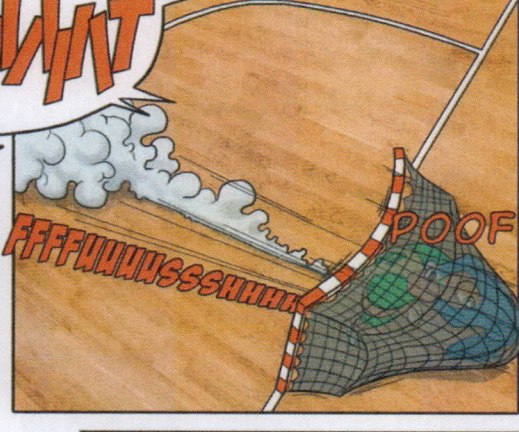

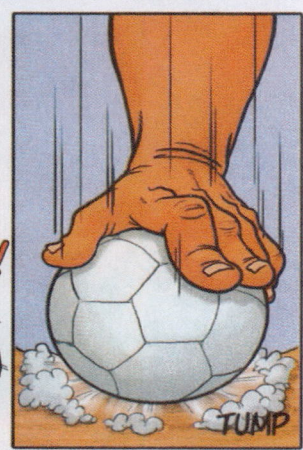

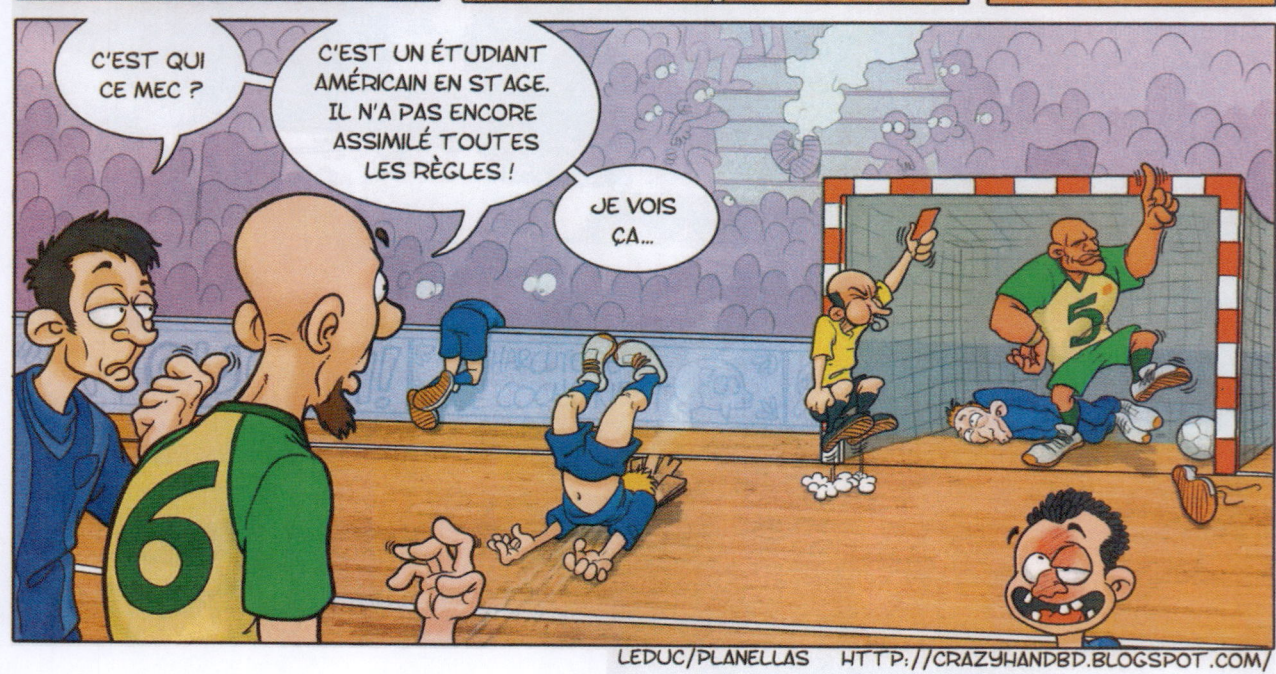

CRAZY HANDBALL

TRIIIT

VOUS ALLEZ ME LE BLOQUER CE N°7 !!! BORDEL, VOUS VOYEZ PAS SON POINT FAIBLE OU QUOI ?!!!

AIE!!

OUILLE

IIIIIK

ÇA Y EST TU T'ES DÉCIDÉ À T'ÉPILER ! ÇA SE VOIT QUE C'EST TOI QUI L'AS FAIT !

BIN NON ! J'AI EU UN MATCH UN PEU DIFFICILE CE SOIR !

LEDUC/PLANELLAS HTTP://CRAZYHANDBD.BLOGSPOT.COM/

— MAIS TU AS VU ! SI C'EST PAS MALHEUREUX.

— ELLE A DU AVOIR UN ACCIDENT DE VOITURE...

— OH NON, TU PENSES BIEN QUE JE SERAIS DÉJÀ AU COURANT...

— ELLE QUI ÉTAIT SI BELLE.

— C'EST DEPUIS QU'ELLE S'EST MARIÉE !

— TU CROIS QU'IL L'A BAT ?

— TU AS VU SON VISAGE !

— QUELLE AUTRE EXPLICATION ?

— TE LE DIS, ELLE A ÉPOUSÉ UN VOYOU !

— ILS ONT BEAU FAIRE SEMBLANT, ON Y VOIT CLAIR DANS LEUR JEU.

— MON DIEU ! MAIS DANS QUEL MONDE VIVONS NOUS...

— NOONN !!! PAS COMME ÇA ! TU VAS ENCORE TE...

— ...FAIRE MAL !

OUFFF
THMP

58

NAA
ROOOOOOOO
ZZZZ
AHEU
HUP
HIIIIIIN !!
BOAM BOAM BOAM
C'EST QUOI CES BRUITS ?
JE VAIS VOIR CE QUE C'EST.

WOOOSHH BAOUM!

ALORS, DE QUOI S'AGIT-IL ?

OH RIEN ! C'EST L'ÉQUIPE DE HAND QUI S'ENTRAÎNE... MAIS C'EST RÉGLÉ...

... JE LEUR AI DIT D'ALLER JOUER DEHORS !

HIN HIN HIN

ÇA NE PEUT PAS TE FAIRE DE MAL DE VENIR VOIR JOUER TON FRÈRE AVEC L'ÉQUIPE ESPOIR
TON PÈRE A RAISON, T'ES TOUT LE TEMPS DANS TA CHAMBRE.
SUPER, LA JOURNÉE!
TRIIIT
TUMP
TUMP
TUMP
TUMP
ALORS LÀ TU VOIS, LE JOUEUR N'A PAS LE DROIT DE FAIRE PLUS DE TROIS PAS SANS DRIBBLER.
OUAIS, GÉNIAL...
SCRAATCH!
TUM
OOOOOOUAAAISS
LA SEMAINE SUIVANTE...
LE SHORT!
LE SHORT!
LE SHORT!
LE SHORT!!
LE SHORT!!

AVEC LE GPS, PLUS DE PRISE DE TÊTE POUR SE RENDRE DANS LES GYMNASES PAUMÉS. JE VOUS AI TÉLÉCHARGÉ TOUTES LES ADRESSES DES CLUBS DE HANDBALL !
30%
K'EST-C'TÉ QU' CA ? BOUDIOU !
ICI TU RENTRES LE NOM DU GYMNASE OU CELUI DU CLUB, ET TU TE LAISSES GUIDER... COMME UN BÉBÉ !
OUUH!
ALORS... DIRECTION ASNIÈRES-SUR-SEINE...
ALLEZ LES ENFANTS, EN ROUTE POUR LA FINALE !
ON VA RÉVISER LES FONDAMENTAUX STRATÉGIQUES !
ON NE VA PAS SE FAIRE BOUFFER PAR DES PARIGOTS TOUT DE MÊME !
JE VEUX UN GROUPE SOUDÉ, UN SEUL MOT D'ORDRE... COHESION !
HÉ COACH ! ON EST ARRIVÉ... BIN MOI JE...
sur-bouse
... VOYAIS PAS LA BANLIEUE PARISIENNE COMME CA !
C'EST QUOI CE BORDEL ?!
COOL, DES VACHES...
PFFIOU, CA FOUETTE ! HÉ 'GRAT GRAT', JE CROIS QU'ON A RETROUVÉ TON VILLAGE !

63

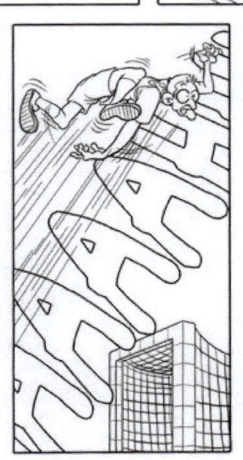

64

EXCUSEZ-MOI, J'AI UN APPEL DE MA FEMME... VOUS SAVEZ QUE C'EST... HEIN ?

LA FAMILLE AVANT TOUT...

HEIN?
MAIS QU'EST-CE QUE VOUS ME FOUTEZ ?! C'EST PAS VRAI DE VOIR AUTANT DE NULLITÉ À LA MINUTE ! Y'EN A PAS UN POUR RATTRAPER L'AUTRE ! ON DIRAIT NOTRE ÉQUIPE FÉMININE !
JE VEUX DE LA HARGNE EN DÉFENSE !!!
SI VOUS NE VOUS SORTEZ PAS LES DOIGTS DU CUL, JE VOUS PROGRAMME UN ENTRAÎNEMENT CHAQUE DIMANCHE MATIN À 8 HEURES.
TUMP
TUIIT
QUOI !!! CARTON ROUGE ! POUR TOUT LE MONDE ?!
Y'A PAS FAUTE LÀ ! LA DÉFENSE EST VIRILE, CERTES, MAIS Y'A CERTAINEMENT PAS FAUTE !!!

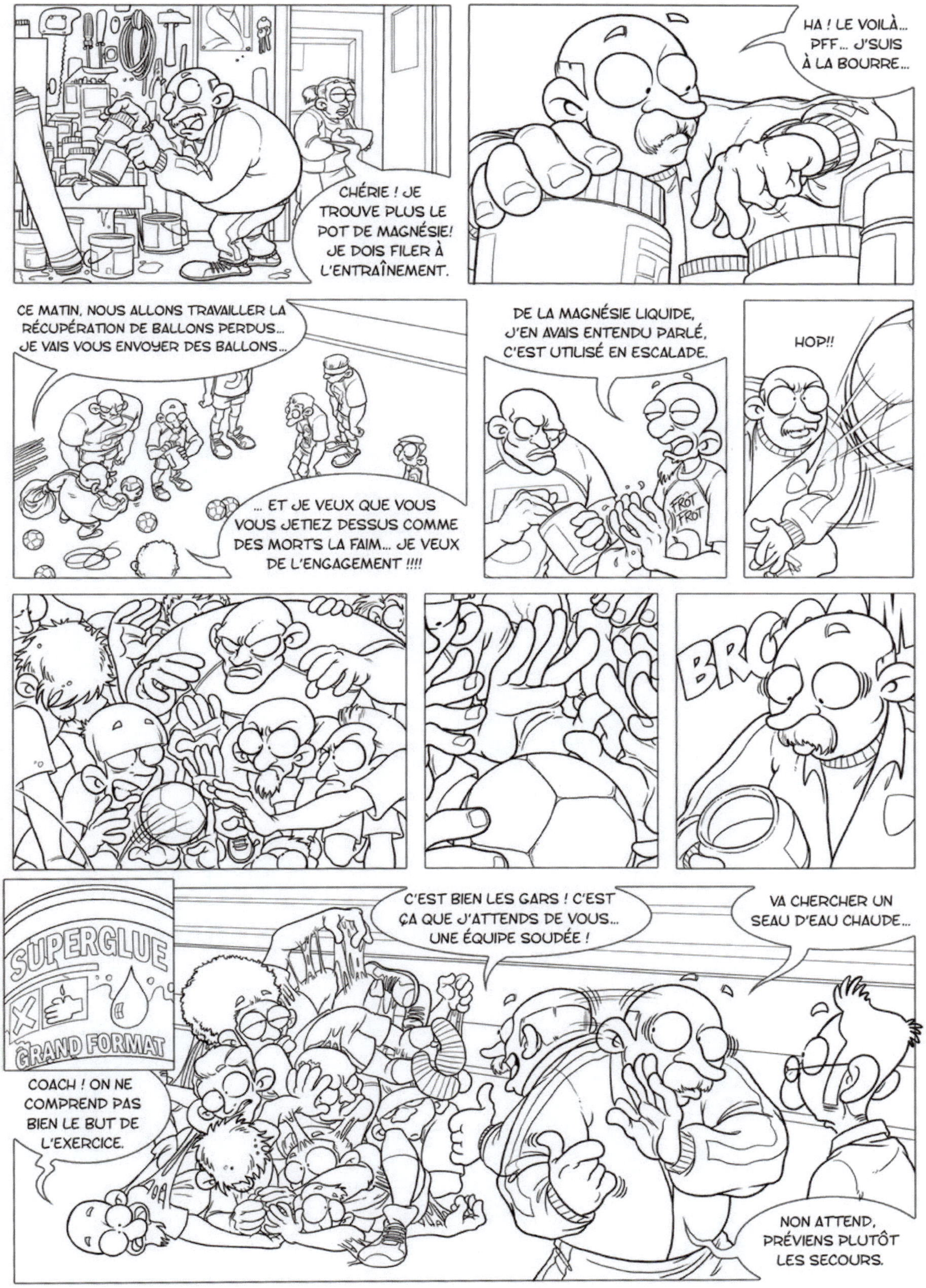
CHÉRIE ! JE TROUVE PLUS LE POT DE MAGNÉSIE! JE DOIS FILER À L'ENTRAÎNEMENT.
HA ! LE VOILÀ... PFF... J'SUIS À LA BOURRE...
CE MATIN, NOUS ALLONS TRAVAILLER LA RÉCUPÉRATION DE BALLONS PERDUS... JE VAIS VOUS ENVOYER DES BALLONS...
... ET JE VEUX QUE VOUS VOUS JETIEZ DESSUS COMME DES MORTS LA FAIM... JE VEUX DE L'ENGAGEMENT !!!!
DE LA MAGNÉSIE LIQUIDE, J'EN AVAIS ENTENDU PARLÉ, C'EST UTILISÉ EN ESCALADE.
FROT FROT
HOP!!
BRO
SUPERGLUE
GRAND FORMAT
C'EST BIEN LES GARS ! C'EST ÇA QUE J'ATTENDS DE VOUS... UNE ÉQUIPE SOUDÉE !
VA CHERCHER UN SEAU D'EAU CHAUDE...
COACH ! ON NE COMPREND PAS BIEN LE BUT DE L'EXERCICE.
NON ATTEND, PRÉVIENS PLUTÔT LES SECOURS.

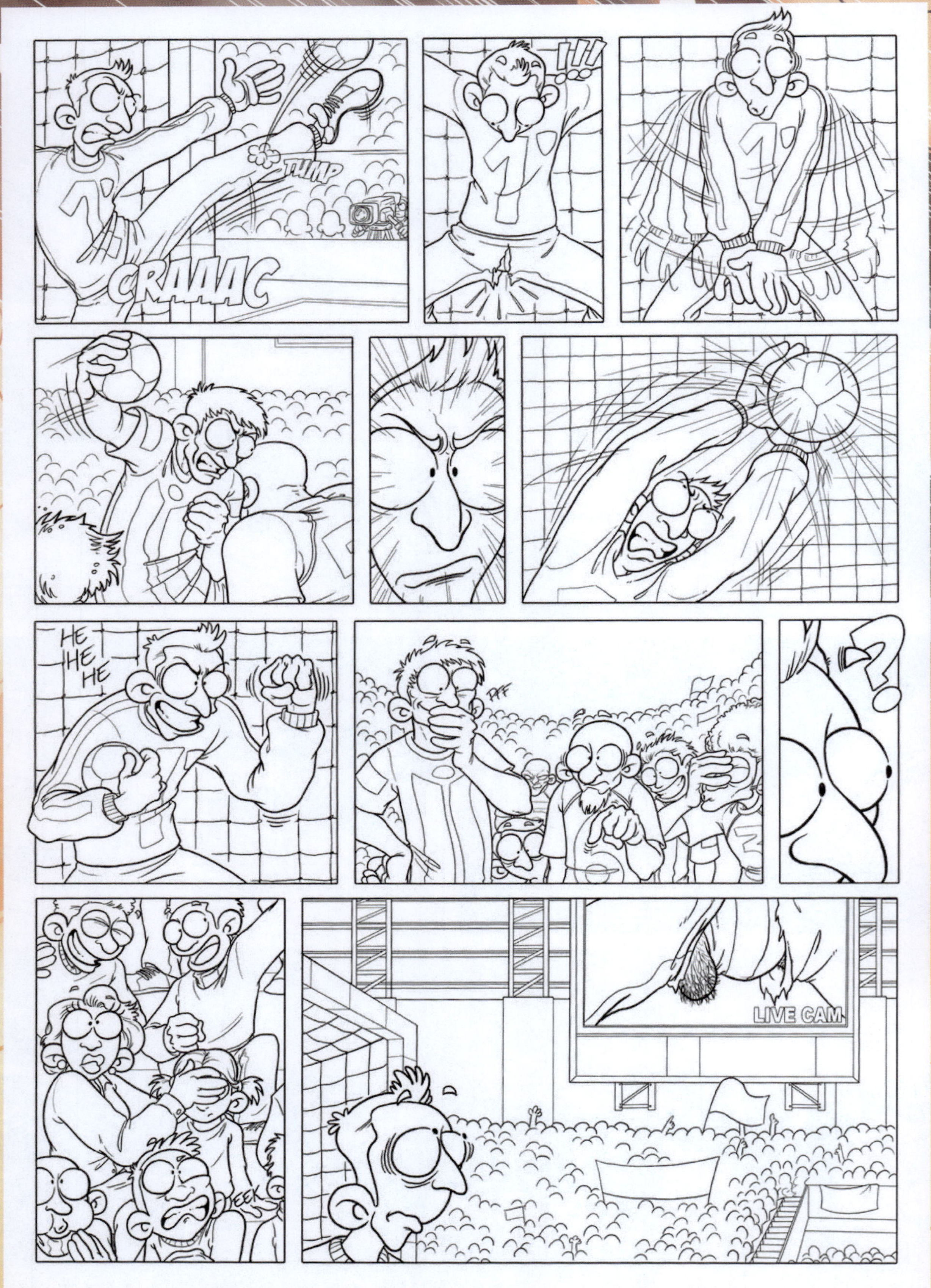
THMP
CRAAAC
!!!
HE HE HE
PFF
?
LIVE CAM
EEK

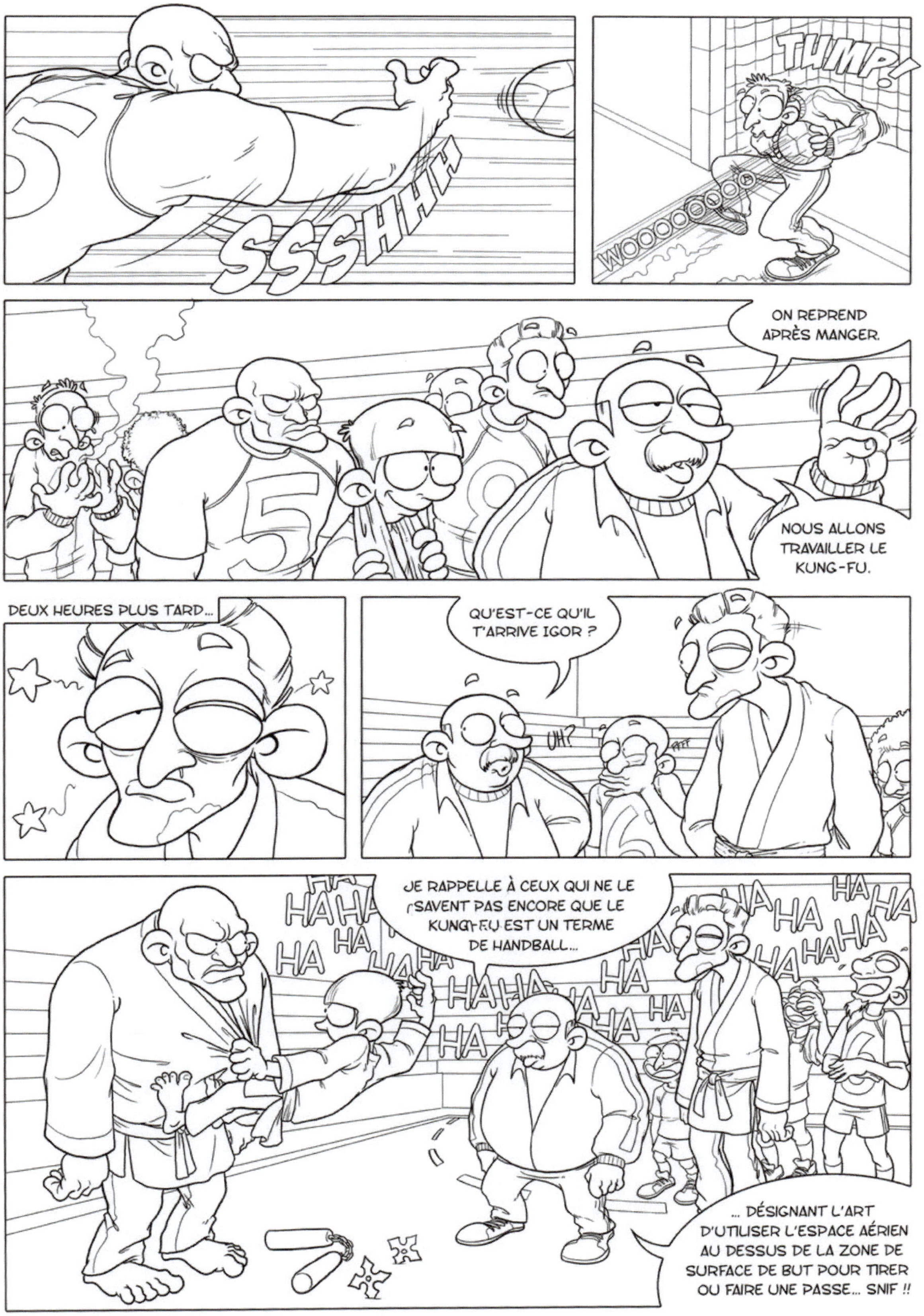
SSSHHH
TUMP!
WOOOOOOO
ON REPREND APRÈS MANGER.
NOUS ALLONS TRAVAILLER LE KUNG-FU.
DEUX HEURES PLUS TARD...
QU'EST-CE QU'IL T'ARRIVE IGOR ?
UH?
JE RAPPELLE À CEUX QUI NE LE SAVENT PAS ENCORE QUE LE KUNG-FU EST UN TERME DE HANDBALL...
HA HA HA HA HA HA HA HA HA
... DÉSIGNANT L'ART D'UTILISER L'ESPACE AÉRIEN AU DESSUS DE LA ZONE DE SURFACE DE BUT POUR TIRER OU FAIRE UNE PASSE... SNIF !!

TUMP!!

MAIS QU'EST-CE QU'ILS ME FONT LÀ !!!

AAAT... AAAAT

TCHUM!

MOOOG

ET MON TEMPS MORT BORDEL ?!! J'AI DÉPOSÉ MON CARTON VERT !

VOUS APPELEZ ÇA DÉPOSER ?

IIIK

DE PLUS VOTRE CARTON N'EST PAS RÉGLEMENTAIRE ! IL EST ILLISIBLE !

CRAZY HANDBALL

Les bonus

Les croquis d'étude

LA DEFENSE PARFAITE

PEACE DUDE

TRIIIIT!

HUMP HUMP HUMP

FLAP FLAP FLAP

Les croquis finaux

72

73

Les étapes de la création de la BD

1) La recherche d'une idée de gag

Une photo, une vidéo, un article, regarder un match, écouter une discussion, tout est bon pour trouver un gag.

2) L'écriture du gag

Le HANDBALL
(Projet Éditions ARKOS – Scénario LEDUC Denis PLANELLAS)

GAG 3

1	2
3	4
5	6
7	8

1.
Plan général dans une pharmacie. Petite file d'attente.
Deux femmes discutent entre elles, elles s'interrogent sur une de leur connaissance, qui attend au guichet ses médicaments, un homme se tient à côté d'elle.

FEMME 1 : Mais tu as vu ! Si c'est pas malheureux.
FEMME 1 : Elle qui était si belle.

2.
Plan américain sur les deux femmes.

FEMME 2 : Elle a dû avoir un accident de voiture…
FEMME 1 : Oh non, tu penses bien que je serais déjà au courant…

3.
Plan rapproché sur les deux commères.

FEMME 1 : Ça, c'est depuis qu'elle s'est mariée !
FEMME 2 : Tu crois qu'il l'a bat ?

4.
FEMME 1 : Tu as vu son visage ! Quelle autre explication ?
FEMME 1 : Je te le dis, elle a épousé un voyou !

5.
La femme, tenant le bras de son mari, passe devant les deux autres femmes en leur souriant et en leur faisant un petit signe de la tête. Les deux autres lui rendent son sourire, de manière crispée.

FEMME 1 (chuchote à Femme 2) : Ils ont beau faire semblant, on y voit clair dans leur jeu.

6.
Plan rapproché (ou gros plan) sur la femme avec une trace de main rouge sur le visage, un œil au beurre noir, des traces de bleu sur les lèvres, etc.
(La femme 2 est soit en arrière plan, soit hors champ)

FEMME 2 : Mon Dieu ! Mais dans quel monde vivons nous…

7.
Gros plan sur le mari qui hurle.

MARI : NOONN !!! Pas comme ça ! Tu vas encore te…

8.
On découvre le secret de notre jeune femme. Elle fait du Handball !
Plan moyen sur la femme qui attaque la zone de défense de l'équipe adverse.
Elle se fait contrer mais la défense confond le ballon avec sa tête !
Le mari est en arrière plan, il est coach, il se met les mains devant les yeux mais regarde tout de même au travers.

MARI (terminant sa phrase) : … faire mal !

(Voir photo ci-dessous)

3) Le rough ou story-board
C'est le dessin rapide de la planche.

4) Le crayonné
Le dessin se fait plus précis, tout se met en place.

5) L'encrage
On efface les traits superflus de crayon et on appuie sur les silhouettes avec un trait plus épais

6) La mise en couleur

LA PUBLICATION DANS HAND ACTION

WOW!

À DÉCOUVRIR DÈS MAINTENANT...

BOOM!

Du même auteur

LES MILITAIRES

Découvrez la première BD d'humour sur le quotidien des militaires !

Au programme, péripéties et gags à gogo dans l'univers de l'Armée de Terre, de l'Air et la Marine nationale.
La BD s'adresse à un large public, qu'il soit militaire ou civil, enfant ou adulte, chien ou chat, avion ou char... Tout le monde pourra se retrouver dans cet humour "bon esprit". Un seul objectif, la poilade ! Mais pas n'importe laquelle, la poilade nationale et professionnelle !

"L'humour est travaillé, et alterne gags visuels et bonnes vannes."
planetBD.com

Pour découvrir !

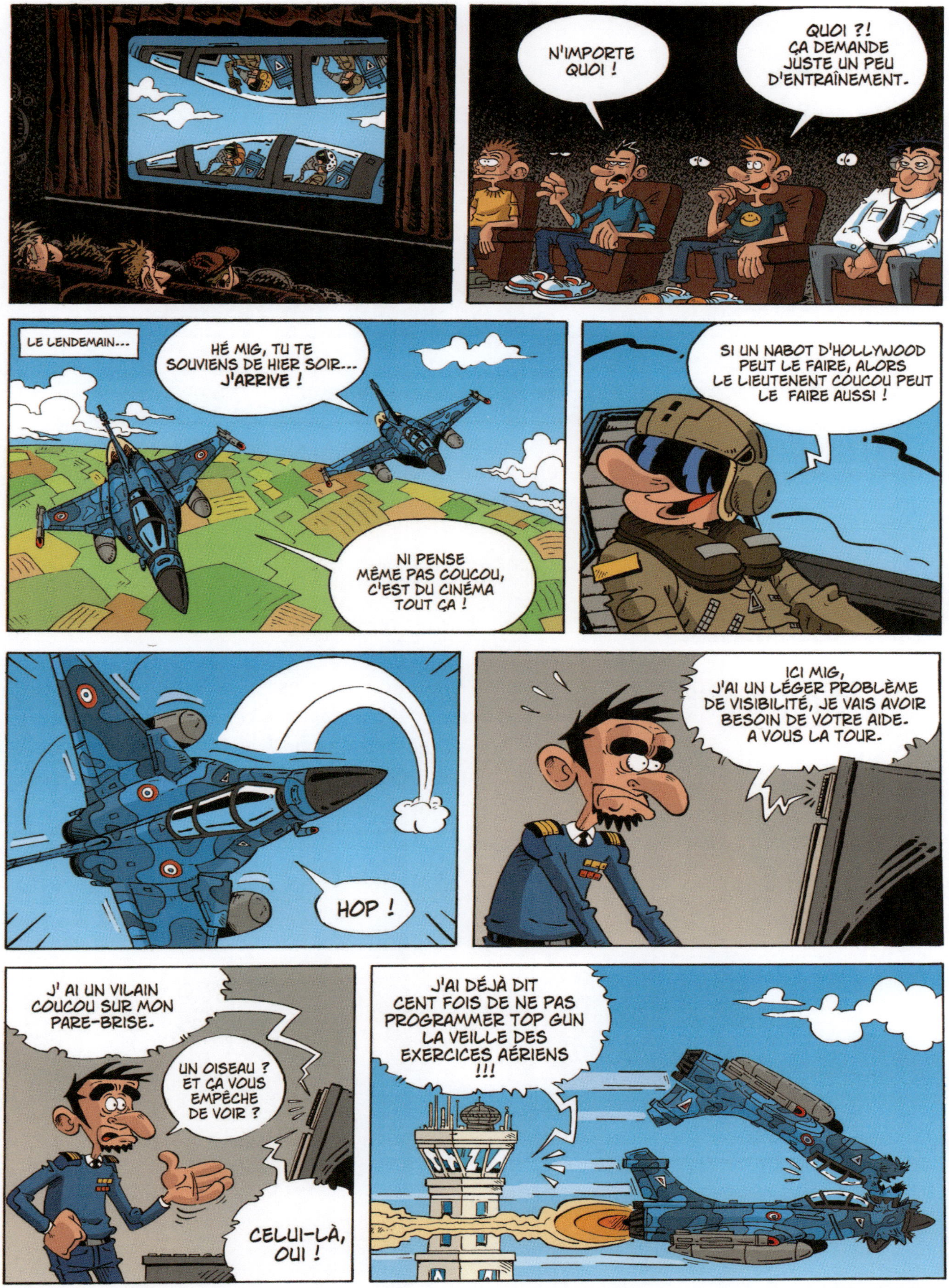
N'IMPORTE QUOI !
QUOI ?! ÇA DEMANDE JUSTE UN PEU D'ENTRAÎNEMENT.
LE LENDEMAIN...
HÉ MIG, TU TE SOUVIENS DE HIER SOIR... J'ARRIVE !
NI PENSE MÊME PAS COUCOU, C'EST DU CINÉMA TOUT ÇA !
SI UN NABOT D'HOLLYWOOD PEUT LE FAIRE, ALORS LE LIEUTENENT COUCOU PEUT LE FAIRE AUSSI !
HOP !
ICI MIG, J'AI UN LÉGER PROBLÈME DE VISIBILITÉ, JE VAIS AVOIR BESOIN DE VOTRE AIDE. A VOUS LA TOUR.
J' AI UN VILAIN COUCOU SUR MON PARE-BRISE.
UN OISEAU ? ET ÇA VOUS EMPÊCHE DE VOIR ?
CELUI-LÀ, OUI !
J'AI DÉJÀ DIT CENT FOIS DE NE PAS PROGRAMMER TOP GUN LA VEILLE DES EXERCICES AÉRIENS !!!
LEDUC - SLHOKI - VICTORIA

Du même auteur

La vie secrète des ÉCOLOS

Découvrez la première BD d'humour sur le quotidien des écolos !

Ils recyclent, ils mangent BIO, parlent de panneaux solaires en mangeant des steaks de soja, partent travailler en vélos électriques... ils rêvent d'un monde meilleur, plus respectueux de la planète.

Ce sont les écolos !

Ils sont là, de plus en plus nombreux et vous n'avez pas fini d'en entendre parler !

"Ooooh j'aime... La politique c'est comme le cochon, tout est bon ! Et les écolos ne pensaient pas avoir un album rien que pour eux [...]Alors n'hésitez pas à prendre un bon bol d'air bien pur et hilarant avec cette bd bio pleine de fraicheur, d'humour et 100% naturelle, pondus par des auteurs élevés au grand air !"
bd-best.com

Envie de rire ?

RRRRRR
C'EST QUOI CETTE ODEUR DE GRAILLON ?
J'AI FAIT BIDOUILLER MON VIEUX DIESEL PAR BERNARD... DORÉNAVANT JE ROULE À L'HUILE DE COLZA !
C'EST BON POUR L'ENVIRONNEMENT ET AUSSI POUR MON PORTE-MONNAIE.
TU NE TROUVES PAS QU'IL NOUS MANQUE QUELQUE CHOSE ?
BIN, J'AI MIS LE ROSÉ AU FRAIS.
VIENS VOIR ÇA, J'AI UNE SURPRISE...
!!
ALORS QU'EST-CE QUE T'EN DIS ? ELLE EST PAS BELLE LA VIE ?
T'EN CONNAÎT BEAUCOUP DES VOITURES QUI ONT L'OPTION FRITEUSE ?

Du même auteur

Les Bimbos

Découvrez une famille hors du commun !

Bimbos de mère en fille, ça vous tente ?

Suivez le quotidien de cette famille pas comme les autres dans cette BD d'humour !
Elles aiment les mecs, le shopping... et la chirurgie esthétique !
Malgré la superficialité hilarante de leur univers, une grande tendresse entoure cette galerie de personnages attachants.

Leur cri de guerre : **"Bimbos un jour... Bimbos toujours !"**

Par ici !

BLAM!

GRAT GRAT

QU'EST-CE QU'IL T'ARRIVE MA PUPUCE ? IL EST ARRIVÉ UN MALHEUR ?

BUAAAAH

IIIIK

OUI ! SNIF... C'EST AFFREUX...

MAIS PARLE À LA FIN !

C'EST VÉRONICA... ELLE...

OH MON DIEU ! ELLE EST MORTE ?

NON, PIRE QUE ÇA... ELLE S'EST FAIT FAIRE LE MÊME TATOUAGE QUE MOI ! JE NE M'EN REMETTRAI JAMAIS !

MAIS QU'EST-CE QUI S'EST PASSÉ ? C'EST BELLE MAMAN ?

NON, ELLE EST EN THALASSO.

Du même auteur

LES 3 GENDARMETTES

Découvrez une équipe de choc !

Tania, Alex et Blanche, trois jeunes femmes pleines de charme et de peps, braquent des banques, plus pour l'adrénaline que par nécessité.
Mais malgré leur virtuosité, elles finissent par se faire arrêter.
Le capitaine Bernard leur propose alors l'impensable : rejoindre la gendarmerie et sa toute nouvelle section de gendarmettes d'élite !
Pendant ce temps, l'insaisissable "Serpent", prépare un nouveau coup lors d'une vente aux enchères à Monaco…

Les 3 gendarmettes est une BD d'aventure policière captivante, pleine d'action et de rebondissements.

Bonne lecture !

VOILÀ NOTRE HOMME !
PAS DE DOUTE ! C'EST LUI !
CIRC
LE CÉLÈBRE SERPENT ! ET CE N'EST PAS DES SORNETTES !
IH ! IH !
SERPENT À SORNETTES ! IH ! IH ! IH !
C'EST VIRAL ?
NON ! ELLE EST NÉE AVEC !
DANGER

Du même auteur

L'épreuve elfique

Plongez au cœur d'une aventure elfique palpitante !

De jeunes elfes doivent accomplir un rite d'initiation pour accéder au statut d'adulte.
Cette fois-ci, le prince est parmi les aspirants.
De vieilles rancœurs et le goût du pouvoir vont réveiller de vils instincts.

Le rite va devenir une lutte pour la survie !

Scannez-moi !

« DE NOMBREUSES LUNES PLUS TARD... »

¡KLAAANG!

¡KLAANG!

¡KLAANG!!

BIEN, MAÄTA... ÇA IRA POUR AUJOURD'HUI... LE CIEL S'ASSOMBRIT ET JE CROIS QUE TON PÈRE T'ATTEND.

BONJOUR PÈRE, J'ARRIVE

Du même auteur

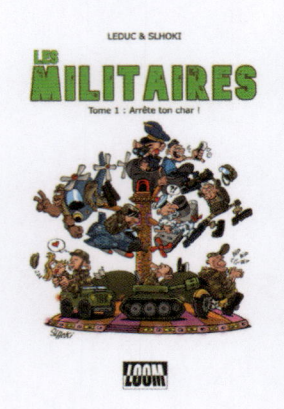

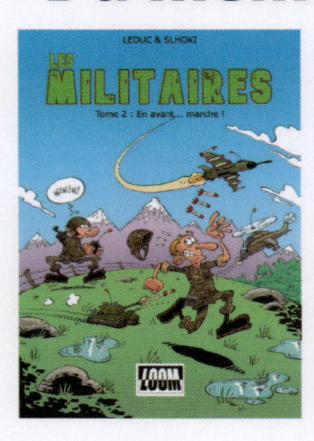

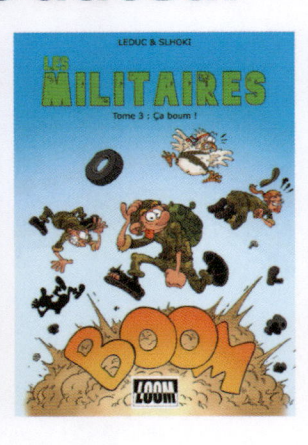

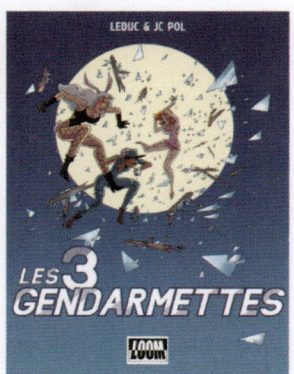

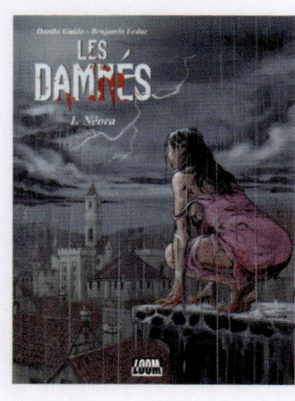

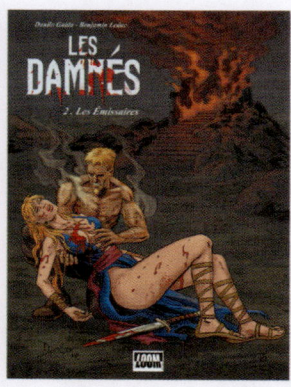

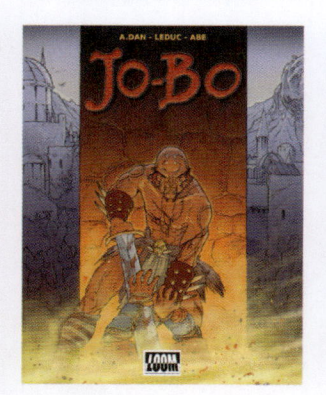

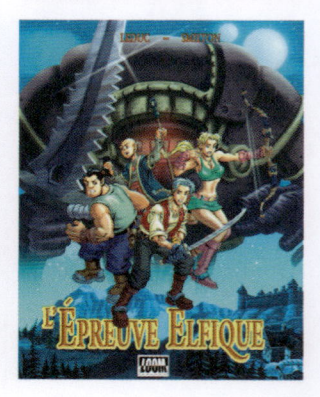

C'est aussi de nombreux livres jeunesse
Plus d'infos sur benjaminleduc.weebly.com et sur FB - Twitter - Instagram

Copyright © 2022 Benjamin Leduc - LOOM - Tous droits réservés.

Si vous avez aimé votre lecture, merci de nous laisser une note et un commentaire sur la fiche du livre sur amazon.
Ça aide les auteurs et les lecteurs !

Les commentaires sont importants pour le succès d'un livre et ils nous permettent aussi de nous améliorer. Qu'avez-vous apprécié ? Quels sont les points forts ? Les passages que vous avez le plus apprécié ?

Et n'hésitez pas à faire la promotion auprès de vos proches et sur les réseaux sociaux.

Donnez votre avis

Scannez ce QR code pour découvrir les livres de Benjamin Leduc

Printed in Great Britain
by Amazon